£5.65

D0537368

D.C.THOMSON & CO. LTD., GLASGOW:LONDON:DUNDEE

Printed and Published by D.C.Thomson & Co., Ltd., 185 Fleet Street, London EC4 2HS.

ISBN O-85116-835-3

Number Ten's no' fu' o' laughter —
— As the Broons face a mornin' after!

Granpaw Broon is lost for words —

— When the Bairn helps tae feed his birds!

Paw thinks he'll be safe in his ain hoose —

— When he hears o' a wild beast on the loose!

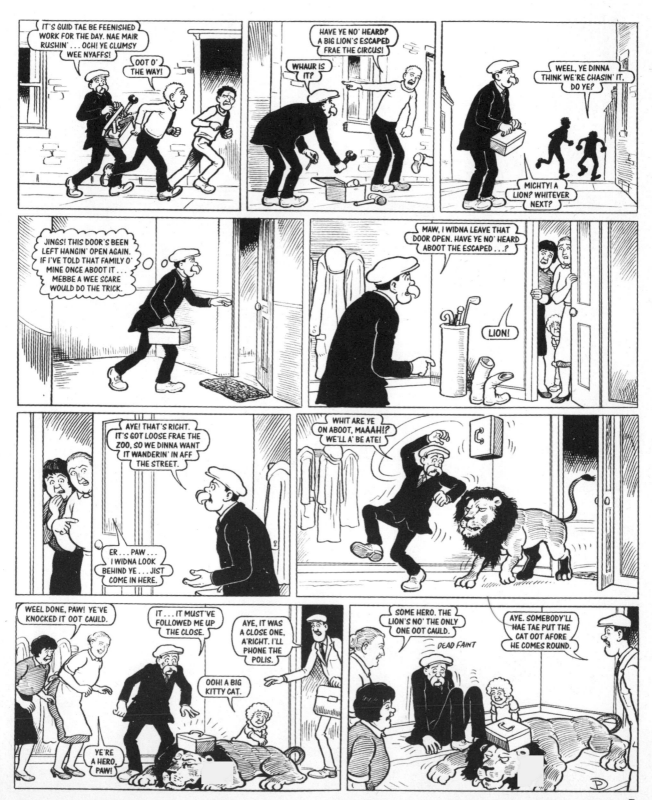

5

Will a' this exhaustin' work scupper —

— Maw and Paw's big Burns Supper?

7

Horace Broon is keen tae see —

— A' the branches on his family tree!

WELL, WIS IT A GOOD PICTURE AT THE FLICKS, HORACE?

AYE, BRAW. "MRS BROWN", IT WAS — ALL ABOOT QUEEN VICTORIA.

"MRS BROWN", EH . . .

WHAUR ARE THAT PAIR OFF TAE?

IF IT'S PRONOUNCED "BROWN", SHE MUST BE FRAE THE POSH SIDE O' OOR FAMILY.

POSHEST FROCKS

HA-HA! RICHT ENOUGH, GIRLS.

COME TAE THINK O' IT, IT WOULD BE INTERESTIN' TAE TRACE OOR FAMILY TREE, PAW. DO YOU KEN ONYTHING ABOOT IT?

NO' ME, HORACE — TRY GRANPAW.

SO . . .

PAW PHONED TO SAY YOU WERE COMIN', HORACE. YOU WANT TAE KEN ABOOT THE FAMILY TREE, DO YE?

AYE!

WEEL, FOLLOW ME — THIS'LL NO' TAK' LONG.

RIGHTO.

HERE, WHERE ARE YE OFF TAE, GRANPAW? THIS IS THE REGISTRY OFFICE.

I KEN WHIT IT IS, BUT THAT'S NO' WHERE WE'RE GOIN'.

OOT O' TOON . . .

CADDAM WOODS? WHIT'S THIS ALL ABOOT?

WHEESHT, HORACE. YE'LL SEE SOON ENOUGH.

IS THERE SOME AULD LAD LIVIN' IN THE WOODS THAT KENS A' ABOOT OUR FAMILY OR SOMETHIN'?

DINNAE BE DAFT, LADDIE!

HERE IT IS.

YE WANTED TAE TRACE THE FAMILY TREE, DIDN'T YE? WELL, THIS IS IT! THERE'S YER GRANNY AN' ME . . . AN' HERE'S YER MITHER AN' FAITHER . . . AND UNCLE BOB AN' AUNTIE PEGGY . . .

HEE-HEE! NOW I GET YE, GRANPAW.

INSIDE . . .

I'LL NIP IN AN' SEE IF THE KETTLE'S ON AT NUMBER TEN!

JINGS! THIS PLACE LOOKS LIKE A BOMB'S HIT IT! WHIT'S GOIN' ON, DAPHNE?

STAY STILL, BIRDIE!

A DOO FLEW IN THE WINDAE, GRANPAW. WE'RE TRYIN' TAE LET IT OOT AGAIN. I'M JIST ABOOT TAE CALL THE PEST CONTROL MAN!

BUT THEY HAVE A BIG CALL-OOT CHARGE, LASS. I'LL GET RID O' IT FOR YE — FOR A FIVER!

REALLY? OKAY, GRANPAW.

I'LL JIST BE A MINUTE.

WHIT'S HE NEEDIN' IN THE KITCHEN?

A HALF LOAF? WHIT'LL YE DAE WI' THAT?

WATCH AN' LEARN, LASSIE — WATCH AN' LEARN!

I'LL JIST PUT SOME O' THIS BREID ON THE WINDOW-SILL . . .

. . . AN' HEY PRESTO! THERE GOES YER DOO, OOT THE WINDAE!

WELL, I NEVER!

EFTER A' THAT BOTHER WE HAD!

AN' NOO I'LL MAK' SURE IT STAYS OOTSIDE!

OCH! HOW DID WE NO' THINK O' THAT?

SLAM!!

HE'S A FLY, AULD BIRD, IS GRANPAW!

AYE, NO' HALF!

HEH-HEH! I USED MY LOAF TAE MAK' SOME DOUGH!

It looks like Paw —

— Doesnae hae the luck o' the draw!

Amongst the Broons family features —

— Is a knack for talkin' tae creatures!

PAW! HAVE YE SEEN THIS? IT SAYS HERE THAT THIS WIFIE CAN SPEAK TAE HER HORSE BY WIGGLIN' HER ELECTRONIC EARS. HOW ABOOT THAT, EH?

REALLY? WELL, WELL. AMAZIN'.

THERE SEEMS TAE BE A LOT O' IT ABOOT. THERE'S A FILM ON TELLY WI' SOME FELLA THAT SPEAKS TAE HORSES.

IT DOESNAE SURPRISE ME AT A'. WHY, TALKIN' TAE ANIMALS EVEN RINS IN THIS FAMILY.

IS THAT YOU TRYIN' TAE WIND UP THE BAIRNS AGAIN, PAW?

WEEL, MAW'S AYE TALKIN' TAE NEXT DOOR'S CAT WHEN IT SNEAKS INTAE HER KITCHEN.

RIGHT ENOUGH.

THAT'S OOR TEA!

COME BACK WI' THAT FISH, YE THIEVIN', WEE BRUTE!

AN' THE BAIRN TALKS TAE ANIMALS, TOO.

WHIT?

OOR BAIRN? AWA'.

I'M TELLIN' YE.

SEE? SHE'S BLETHERIN' AWA', QUITE THE THING.

AYE — TO HER TEDDIES.

THERE'S YER CUP O' TEA, MISTER TED. NAE SUGAR, IS THAT RIGHT?

BUT GRANPAW'S THE BEST O' THE LOT. HE TALKS TAE ANIMALS A' THE TIME. FOLLOW ME — I'LL PROVE IT TAE YE.

SHORTLY...

THE GREYHOUND TRACK?

OH, AYE — THIS IS WHAUR WE'LL FIND HIM.

GREYHOUN

AND...

SEE? HE TALKS TAE THOSE DOGS EVERY WEEK, WITHOUT FAIL!

GO ON, NUMBER SIX — OH, YE WEE BEAUTY, YE!

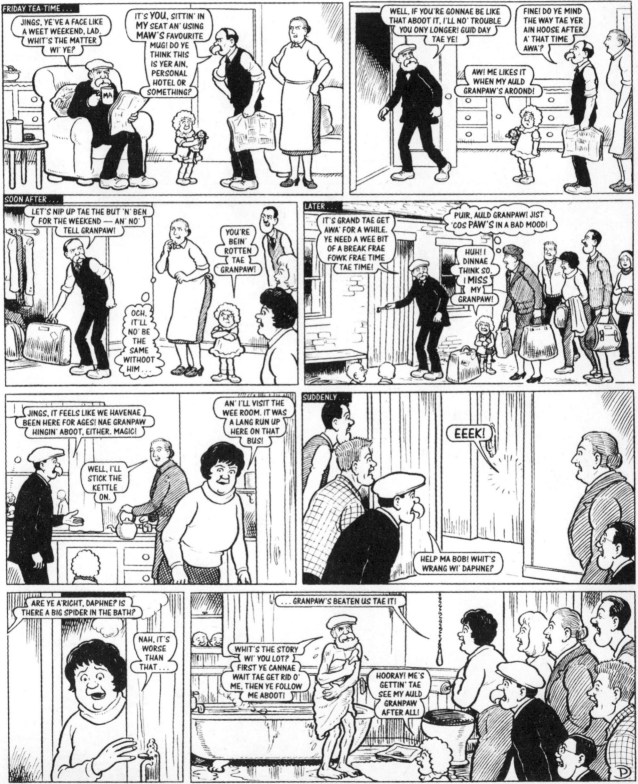

15

We're a' at sea wi' Daphne Broon —

— Because she cannae turn this admirer doon!

SO I WAS JUST . . . ER . . . WONDERIN' IF YE FANCIED . . . UM . . . A WEE TRIP IN MY . . . ER . . . FAITHER'S BOAT THE MORN', DAPHNE?

ER . . . OCH . . . ER . . . I S'POSE SO, ARCHIE. THREE O'CLOCK SUIT YE?

THE PUIR WEE DROCHLE! NAE LASSIE EVER GOES OOT WI' HIM! IT'S LUCKY I'M THE SYMPATHETIC TYPE!

. . . SO I SAID I'D GO WI' HIM ON HIS FAITHER'S BOAT TOMORROW. I FELT SORRY FOR HIM! IT'S JIST TAE BE SOCIABLE. I'M NO' DESPERATE OR ANYTHIN'!

WHIT WERE YE THINKIN' ABOUT, DAPHNE? IF YE DINNAE PUT HIM AFF, HE'LL BE ASKIN' YE OOT A' THE TIME!

I DOUBT IT — IT IS DAPHNE WE'RE DISCUSSIN'!

HERE'S WHIT TAE DO. HIS FAITHER'S GOT A BOAT, RIGHT? HE MUST BE LOADED. IF YOU WEAR YOUR AULDEST CLOTHES AN' NAE MAKE-UP, ARCHIE'LL NEVER ASK YE OOT AGAIN!

I NEVER THOCHT O' IT LIKE THAT! GUID IDEA, MAGGIE!

NEXT DAY . . .

I HOPE NAEBODY I KEN SPOTS ME DOON HERE. I LOOK ORRA! I HAVENAE WORN THIS LOT SINCE I WAS LAST AT THE TATTIES!

BUT . . .

IT'S GUID TAE SEE YE'VE COME DRESSED FOR THE OCCASION, DAPHNE!

EH? ER . . . WHIT ARE YE ON ABOOT, ARCHIE?

AN' WHY'S HE DRESSED LIKE A TINKER, AN' A'?

WEEL, THERE'S NAE POINT IN WEARIN' YER GUID CLOTHES ON MY FAITHER'S BOAT, REALLY!

JINGS! ER . . . YE'RE RIGHT THERE, ARCHIE!

AHOY THERE, LANDLUBBERS!

AHOY, FAITHER!

AND . . .

SO, HAVE YE EVER BEEN SEA-FISHIN' BEFORE, DAPHNE?

WHIT A WOMAN!

ER . . . NO — BUT I'VE EATEN THE ODD FISH SUPPER!

What will come tae the Bairn's aid —

   — Tae mak' sure she sees the big parade?

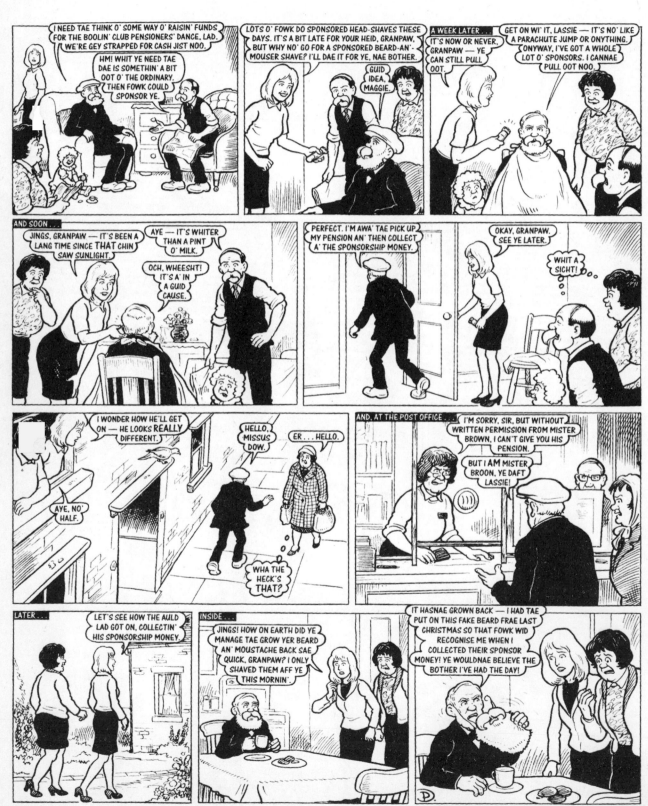

WHAT ARE YE UP TAE THE DAY, HORACE?

OH, JIST WORKIN' ON THE COMPUTER, PAW.

I'M SETTIN' UP A BROONS WEBSITE. NOW ONY BROONS AROUND THE WORLD CAN GET IN TOUCH WI' US AN' WE CAN ACCESS THE WEB ONY TIME, TOO!

WHIT'S WRANG WI' THE PHONE, OR THE MAIL?

HA-HA! COME INTAE THE PRESENT DAY. THIS IS THE PHONE, AN' YOU CAN E-MAIL FOLK EASILY ENOUGH.

RIGHT! I'VE GOT TAE GO TAE THE LIBRARY. DINNAE TOUCH ONYTHING WHILE I'M AWA'!

WHA, ME? I WOULDNAE DREAM O' IT.

ONY BROON, AROOND THE WORLD . . .

. . . I'LL BE SPEAKIN' TAE THEM IN NAE TIME!

THEN . . .

EEK! A MOUSE!

WHIT? WHAUR?

HEE-HEE!

DINNAE WORRY, DAPHNE — I'LL GET RID O' IT FOR YE! WHAUR DID IT GO?

IT'S NO' A REAL MOUSE, PAW — IT'S THE ONE ATTACHED TAE HORACE'S COMPUTER!

WHIT? WHY, YE CHEEKY, YOUNG . . .

COME WI' ME, PAW. AS YE'RE SIC AN EXPERT, I'VE GOT JIST THE JOB FOR YOU . . .

THERE'S ONE WEB SITE YE CAN ACCESS ONY TIME YE LIKE, PAW!

HUH!

Hen's got just the thing —

— Tae improve his golfin' swing!

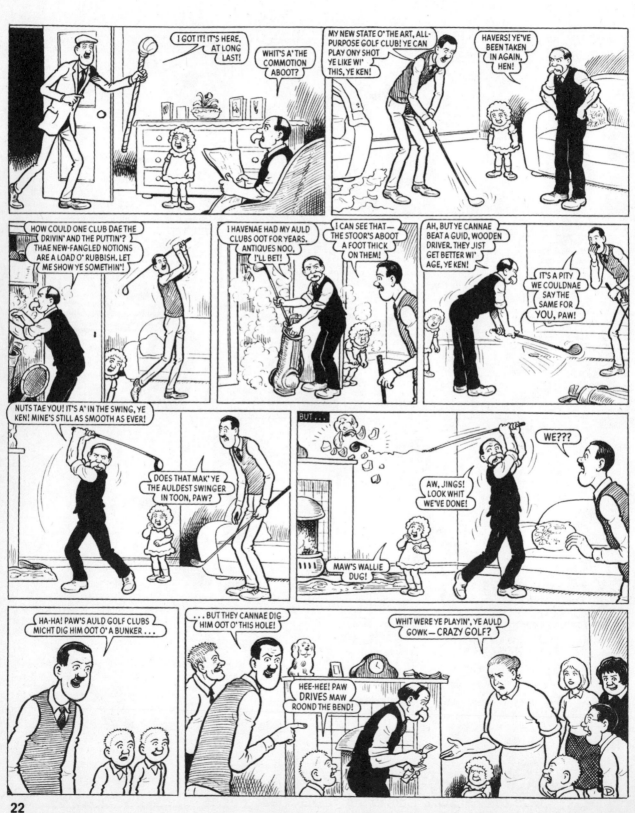

The Broons are tryin' —

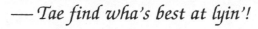

24

Auld Broon thinks nae home —

— Is complete withoot a gnome!

At makin' mince, Paw thinks he's a master —

—— But will it be a recipe for disaster?

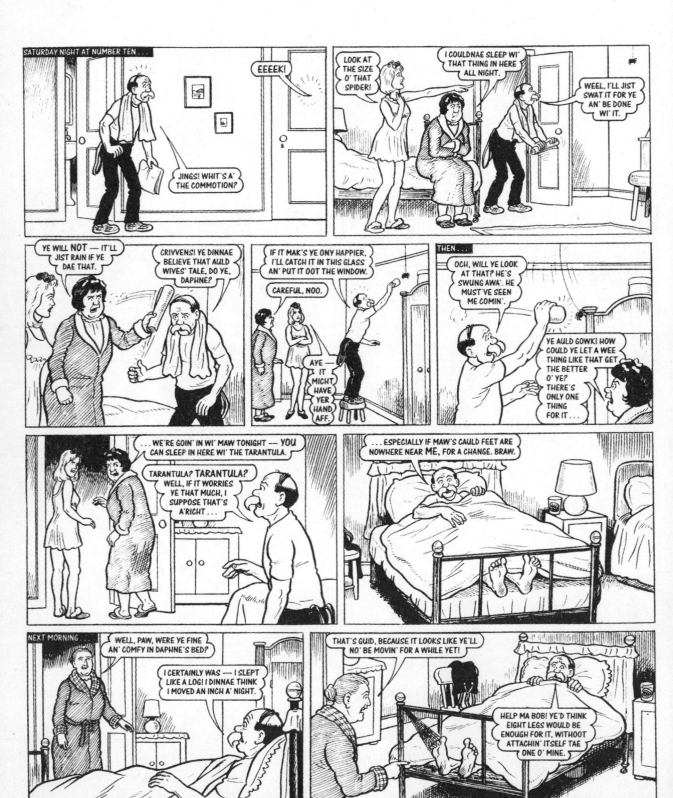

The family ensures —

— Paw'll say it wi' flooers!

ON THE WAY HOME FROM THE GIRLS' WORK...

IT'S MAW AN' PAW'S WEDDING ANNIVERSARY THE DAY — AND PAW AYE FORGETS! I'D BETTER GET HIM SOME FLOWERS FOR MAW.

WEEL REMEMBERED, MAGGIE.

NOT FAR AWAY...

IT'S THAT TIME O' YEAR AGAIN, HEN — PAW FORGETS HIS WEDDIN' ANNIVERSARY! WE'D BETTER BUY HIM SOME FLOWERS FOR MAW.

GUID IDEA! YE'D THINK HE'D GET IT RIGHT BY NOO — THEY'VE BEEN MARRIED FOR ABOOT A HUNDRED YEARS!

ELSEWHERE IN TOWN...

IT'S THEIR ANNIVERSARY AN' IT SLIPS PAW'S MIND EVERY YEAR — SO CHIP IN WI' ME TAE BUY SOME FLOWERS FOR MAW.

AYE, OKAY.

AND, AT GRANPAW'S...

THAT YOUNG LAD NEVER REMEMBERS — SO I'LL HAVE TAE REMEMBER FOR HIM!

YOU'RE RIGHT THERE, GRANPAW. MY PAW'S AN AWFY MAN!

SOON AFTER...

HELP MA BOB! IT LOOKS LIKE WE'VE A' HAD THE SAME IDEA!

SO WE HAVE!

YE'RE NO' WRONG!

THEN...

JINGS! WE A' THOUGHT YE'D FORGET AGAIN — BUT YE'VE ACTUALLY REMEMBERED! WE'VE A' BOUGHT YE FLOWERS, AN' A'!

THAT'S AWFY GUID O' YE, BUT I DID REMEMBER, AYE! THEY COST ME AN ARM AN' A LEG, TOO!

BUT, INSIDE...

OOT, THE LOT O' YE! MY HAY FEVER'S TERRIBLE JIST NOO. THE LAST THING I NEED IN HERE'S A WHOLE LOT O' FLOWERS!

OCH! SORRY, MAW. BACK UP, A'BODY!

WHIT WILL I DAE WI' ALL THESE FLOWERS? I'VE NAE MONEY LEFT TAE TAK' MAW OUT FOR A MEAL OR ONYTHING!

YE OWE US FOR THE FLOWERS WE BOUGHT, TOO!

THERE'S ONLY ONE THING FOR IT, LAD...

AND...

GET YOUR FRESH FLOWERS HERE! CHEAPEST IN TOWN!

HEE-HEE! WHIT A BLOOMIN' PALAVER!

AW! HE MEANS WELL, REALLY. AT LEAST HE REMEMBERED THIS YEAR!

FLOWERS £1 A BUNCH

Horace Broon should have waited —

— Afore his heid got ower inflated!

Paw cannae understand the big to-do —

— Aboot the puny animals in this underwatter zoo!

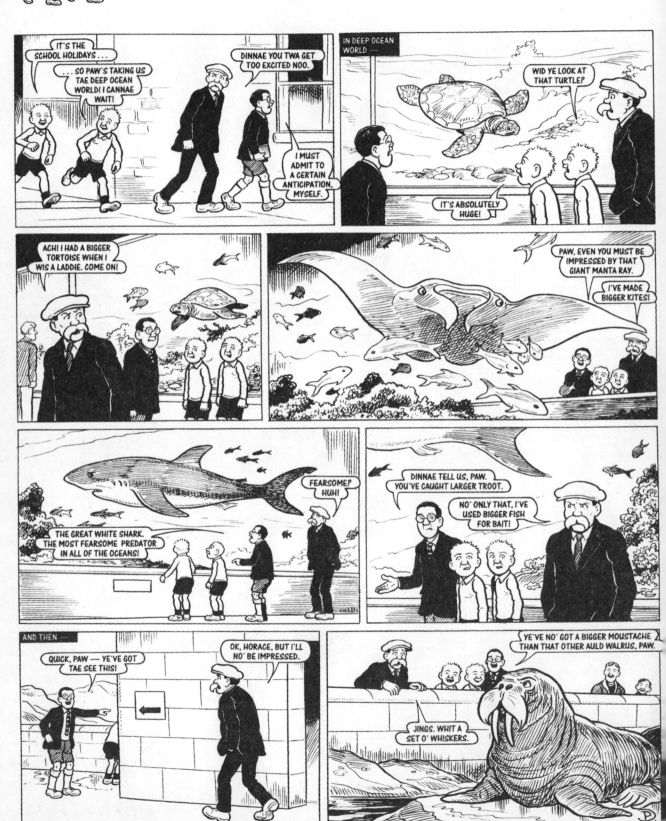

Nae mair cauld feet —

— Hen's in for a treat!

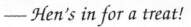

EIGHT A.M. . . .

YAWN! ANYBODY GOT ANY MATCHSTICKS? I CAN HARDLY KEEP MY EYES OPEN. I'M WABBIT!

HOW COME, HEN?

MY FEET AYE STICK OOT O' THE BOTTOM O' THE BED AN' GET CAULD. IT KEEPS ME AWAKE ALL NIGHT.

PUIR LAD.

HAVE YE THOCHT O' BED-SOCKS?

SOON AFTER . . .

I'M GONNA TREAT MYSEL' TAE A KING-SIZE BED.

SO . . .

MAN, THAT LOOKS BRAW.

THIS IS THE LONGEST BED IN THE SHOP, SIR. WOULD YOU CARE TO TRY IT OUT?

I WOULD, AYE!

DRING — DRING!

I'LL JUST ANSWER THAT PHONE AND I'LL BE BACK IN A MINUTE, SIR.

AW, JINGS — THIS IS THE BUSINESS, AN' NAE MISTAKE! NAE FEET STICKIN' OWER THE EDGE . . . BRAW AN' COMFY . . .

. . . JUZZZT THE VERY . . . DAB . . . ZZZZZ . . .

AND . . .

I'LL LEAVE THIS CUP O' TEA FOR HIM WHEN HE WAKES UP — SEEIN' AS HE'S OUT FOR THE COUNT!

SNORE!

HA-HA! JIST LOOK AT SLEEPIN' BEAUTY IN THERE.

AH'M THE TOUGHEST HOMBRE TO RIDE THE RANGE.

NO. AH AM. AN'GET AFF MA HORSE.

I'VE GOT A SURPRISE FOR YOU LADDIES.

HOW... DO YOU DO?

JINGS! A REAL, LIVE RED INDIAN!

THEY'RE CALLED NATIVE AMERICANS NOO-ADAYS.

THIS IS CHIEF BROWN BEAR.

I'M FROM THE BLACK FOOT TRIBE.

AYE? WEEL, WE'RE FAE THE BLACK NECK TRIBE.

I'VE BEEN TRACING OTHER BROWNS ACROSS THE WORLD THROUGH THE INTERNET.

AN' NOO YE'RE HERE, SO YE MICHT AS WEEL STAY FOR YER TEA.

SOON...

I'M HAME, MAW AN'... MIGHTY!

MAW BROON, I'VE SEEN YE IN SOME RIDICULOUS HATS BUT THIS ANE TAKES THE CAKE.

HELP! YOU'RE NO' MAW!

ARE YOU MAKING FUN OF MY TRIBAL HEADDRESS?

I'M AWFY SORRY, YER CHIEFNESS...

HAW, HAW! DON'T WORRY. I DON'T DRESS LIKE THIS ALL THE TIME. IT WAS JUST TO IMPRESS THE KIDS.

AND...

AN' HE CANNA SCALP YE. NATURE'S A'READY DONE IT.

MIGHTY! WHIT A REEK!

IT'S TRADITIONAL, MAW. WE A' HAVE TAE SMOKE THE PIPE O' PEACE.

The family arrange a braw wee treat —

— Tae save Maw fae bein' run aff her feet!

Paw reckons this coat is a richt guid buy —

— But it really causes the fur tae fly!

Daphne's tryin' her hardest tae look her best —

— For a completely unexpected guest!

This man, McGurk, soonds awfy wild —

— So the family try hard no' tae get him riled!

Maw finds hersel' in a quandary —

— How tae escape a pile o' laundry!

Here's a shocker for Paw Broon —

— Maw's auld flame's back in toon!

Hen's latest get-rich scheme —

— Buy a van an' sell ice-cream!

47

Granpaw's gettin' awfy chummy —

— Wi' an' auld voice-thrower's dummy!

SIX P.M. . . .

HERE'S A CUP O' TEA FOR YE, PAW.

THAT'S AWFY GUID O' YE, DAPHNE — THINKIN' O' YER AULD PAW AFTER HIS HARD DAY AT WORK.

THAT'S GOT NOTHIN' TAE DO WI' IT. I NEED TAE PRACTISE MY TEA-LEAF READIN' FOR THE FETE THE MORN' — SO HURRY UP AN' DRINK IT!

HUH! YOU COULD HAVE HUMOURED ME FOR A WEE WHILE.

NOO I'LL TURN IT THREE TIMES AN' SHOOGLE IT. THEN WE'LL SEE WHIT COMES UP.

THIS SHOULD BE INTERESTIN'. SEE IF IT PICKS EIGHT DRAWS, DAPHNE.

HM! YOU WILL BE PARTING WITH MONEY, PAW, DEMANDED BY A STRANGER TO THIS HOOSE.

JINGS! WHIT A LOT O' WORDS FOR SIC A WEE CUP.

YE PLAYED THE PART WEEL, DAPHNE, BUT YOU AN' I BAITH KEN IT'S A LOT O' MUMBO-JUMBO!

OH, REALLY?

THEN . . .

HELLO? ANYBODY HAME?

HELP MA BOB! WHO ARE YOU?

THE STRANGER!

I'M COLLECTIN' THE POOLS MONEY FOR JOE RENNIE — HE'S NO' WEEL. HE SAID I COULD JIST WALK IN IF THE DOOR WAS OPEN AT NO. 10 AN' YE WOULDNAE MIND. I HOPE IT'S A' RIGHT.

AYE, SON, NAE BOTHER. IT WAS JIST SOMETHIN' I HEARD FAE SOMEBODY . . .

DAPHNE, YOU WERE ABSOLUTELY SPOT ON! HOW DID YOU SEE A' THAT IN A TEA CUP?

IT'S EASY WHEN YE KNOW HOW . . .

. . . BUT IT'S EVEN EASIER WHEN THE POOLS COLLECTOR PHONES UP AND TELLS YE WHIT'S HAPPENIN' BEFOREHAND!

OCH! YE SET O' TWISTERS. YE HAD ME GOIN' THERE.

Is Paw really feelin' awfy sick —

— Or is it just a sneaky trick?

55

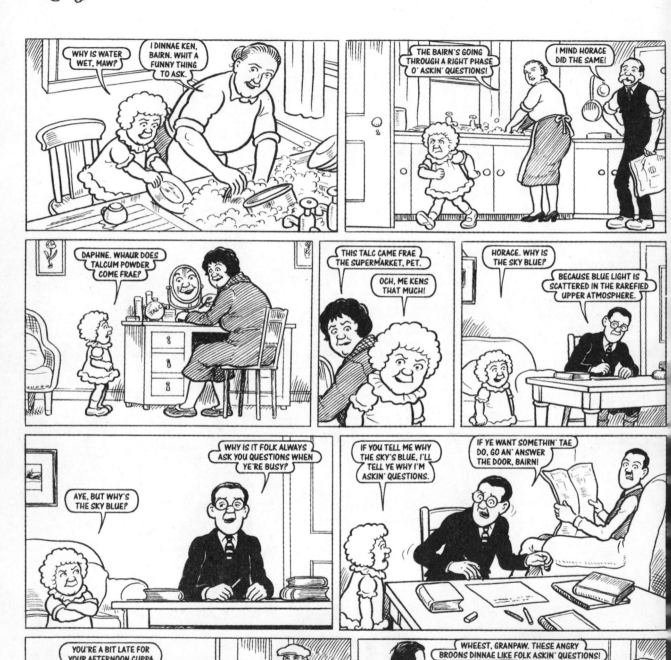

Ye can bet it'll a' end up wi' trouble —

— When poor auld Granpaw's stuck bent double!

Doon the club for peace an' quiet? —

— Paw thinks he's as weel tae try it!

Hen is definitely no' alloo'ed —

— Tae go an' get himsel' tattooed!

THERE'S AN ADVERT FOR A NEW TATTOO PARLOUR IN THE PAPER. I'VE AYE THOUGHT O' GETTIN' A TATTOO O' AN EAGLE OR A TIGER.

WHIT? YOU?

THERE IS NO WAY YOU ARE GETTIN' A TATTOO DONE! WHIT A DAFT IDEA!

LOOK WHA'S TALKIN'. WHIT ABOOT THAT ANCHOR ON YER ARM?

AND . . .

THAT'S DIFFERENT. I GOT THIS AFTER YEARS ON THE SHIPYARDS. A TATTOO WOULD LOOK STUPID ON A BIG, LANKY DREEP LIKE YOU.

LOADS O' PEOPLE HAE THEM. ANYWAY, HOW CAN YE STOP ME?

I'LL SHOW YE HOW . . . HULLO? TAM'S TATTOO PARLOUR? IF HEN BROON COMES IN FOR A TATTOO YE'RE NO' TAE GIE IT TAE HIM . . . SAYS WHO? HIS FAITHER, THAT'S WHO!

THERE! THAT'S BOTH O' YE TOLD. HEH! I'M STILL IN CHARGE IN THIS HOOSE, SO I AM.

GUID. THE AULD BLAWHARD'S DOZED AFF AN' I'M SURE DAPHNE'LL NO' MIND ME BORROWIN' HER LIPSTICK FOR A MINUTE.

SO, TATTOOS ARE OKAY FOR HIM BUT NO' ME?THIS'LL TEACH HIM TAE BE SO TWA-FACED.

WHEN PAW WAKES UP . . .

TIME I WAS MEETIN' THE LADS AT THE CLUBBIE. WAIT TILL I TELLTHEM ABOOT THIS. HEN WI' A TATTOO, INDEED!

AT THE CLUBBIE . . .

. . . SO I MADE SURE THAT HE WIDNAE GIE THE BROONS FAMILY A SHOWIN' UP IN PUBLIC.

SNIGGER.

HO-HO! AYE! YE DID THAT, BROON.

SUNDAY AFTERNOON AT 10, GLEBE STREET . . .

THEN . . .

WHIT? THAT'S A LOAD O' NONSENSE, COLONEL GRANT — IT WIS ME, YOU AULD FIBBER!

I'M NO' TAKIN' THIS LYIN' DOON — I'M AFF UP TAE THE BIG HOOSE TAE HAVE IT OOT WI' HIM.

WHIT WAS THAT A' ABOOT?

WEEL, LOOK WHIT HE WAS READIN'. IT'S A BOOK A' ABOOT BLACK WATCH WAR HEROES. MAYBE GRANPAW HAD SOME DARIN' EXPLOITS WE DIDNAE KEN ABOOT AN' ISNAE GETTIN' THE CREDIT FOR IT.

THAT'S NO' VERY FAIR, IS IT?

YE'RE RIGHT, JOE. IF MY FAITHER'S HONOUR HAS BEEN BESMIRCHED, I'LL WANT TAE KNOW THE REASON WHY! LET'S GO AN' BACK HIM UP.

WE'RE RICHT AHENT YE, PAW.

AYE.

AT THE BIG HOOSE . . .

AHA! I'VE GOT YE NOO, COLONEL GRANT!

MIGHTY ME! WHIT'S GOIN' ON? I HOPE IT'S NO' A DUEL.

AT THE WINDOW . . .

HELP MA BOB!

WHIT IS IT, PAW?

IS MY GRANPAW LAYIN' DOON THE LAW?

EVEN AFTER FIFTY YEARS, I'M STILL A BETTER DOMINO PLAYER THAN YOU ARE, COLONEL GRANT. BEATIN' ALL-COMERS AND RETIRIN' UNDEFEATED IN THE '49 BLACK WATCH CHAMPIONSHIP? THAT WIS ME, NO' YOU.

AYE, MAYBE YOU'RE RIGHT ENOUGH, PRIVATE BROON. MY MEMORY'S NOT WHAT IT WAS!

IT'S NO' THE LAW HE'S LAYIN' DOON, BAIRN — IT'S DOMINOES!

The younger Broons are feelin' wary —

— O' ony breakfast that'll mak' their chests hairy!

Tryin' for a hole-in-one —

— Can be livened up and made mair fun!

Guess wha's gonnae wish he'd quit —

— Afore he agreed tae babysit!

Paw sets oot tae impress —

— When he unveils "The Broons Express"!

Paw goes tae lengths tae explain —

— The best way tae replace a broken pane!

Ye hae tae try on this an' that —

— When ye're pickin' a brand new hat!

It's enough tae mak' Paw scream —

— His lassies are shoutin' for the wrang team!

Paw ends up in a mess —

— Cleanin' a path through the press!

Paw's in for a major gripe —

— When he's no' allowed tae smoke his pipe!

Wha's this wha's noo the talk o' the toon? —

— It's that "model citizen", Granpaw Broon!

Daphne's playin' at bein' a sophisticate —

— Just tae try an' impress her date!

Somethin' here is no' quite right —

— When the twins set oot tae fly a kite.

80

HA-HA-HA! THIS IS A BRAW MINNIE THE MINX! HAR!

HEH-HEH! NO' AS FUNNY AS KORKY THE CAT.

WHIT'S A' THIS RACKET?

IF YOU TWA WOULD SPEND AS MUCH TIME WI' BOOKS AS YE DO WI' COMICS, YE MICHT END UP AS SMART AS OOR HORACE.

AYE, AND AS BORIN' AS WEEL.

IMPIDENCE!

SO, AT THE LIBRARY...

YE'LL SOON LEARN THAT EDUCATIONAL BOOKS AREN'T BORING. AN' BE QUIET IN HERE.

I'M AY QUIET... WHEN I'VE BEEN BORED TAE SLEEP.

THAT'S IT. QUIET AS A MOOSE... WHIT? OCH, WHAUR ARE THEY?

SSSH!

WHIT ARE YE PLAYIN' AT? THIS ISNAE A PLAYGROUND!

UP A BIT... THERE. GOT IT.

JINGS, PAW! YE SCARED US!

SSSH!

OOYAH!

GREAT! A BOOK ABOOT DINOSAURS.

AN' ANE ABOOT KNIGHTS.

I'LL GIE THEM PEACE TAE READ AN'... WHIT'S THIS?

YOU AGAIN? THIS IS A LIBRARY, FOR READING BOOKS!

BUT... BUT... IT'S NO' MINE, MISSUS.

IF YOU WANT TO READ COMICS, GO HOME AND DO IT.

THE SHAME O' IT.

READIN' COMICS AT YOUR AGE. WHIT A DISGRACE!

WE'VE LEARNT A LESSON, A'RICHT. NO' TAE LISTEN TAE YOU.

JINGS! BROUGHT TAE BOOK.

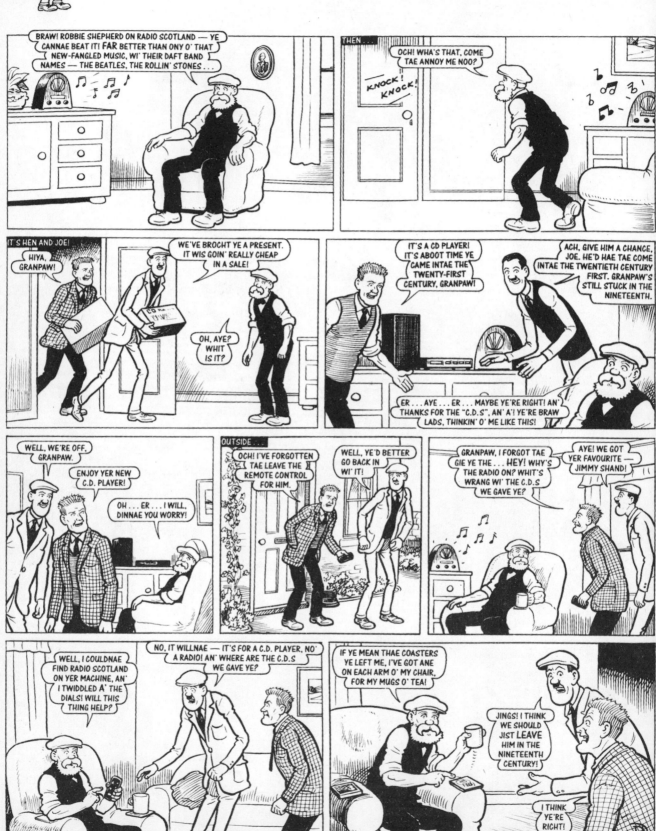

Much tae poor Paw Broon's dismay —
— He's been abandoned on his own birthday!

JINGS, THAT WIS A HARD DAY AT WORK, BUT NEVER MIND — I'M SURE MAW'S MADE ME A BRAW BIRTHDAY TEA.

HERE, WHIT'S THIS? "GONE ON PRESSING ENGAGEMENT. HAVE TO MAKE YOUR OWN TEA." OCH! WHIT COULD BE MORE PRESSIN' THAN MAKIN' MY BIRTHDAY TEA?

HUH! I WOULD MAK' MY OWN TEA IF THERE WAS ONYTHING IN THE FRIDGE. IT'S EMPTY!

IT'S LUCKY THERE WAS A TIN O' CORNED BEEF IN THE LARDER, OTHERWISE I'D HAVE GONE HUNGRY!

I DINNAE BELIEVE THIS — THE TIN-OPENER'S AT THE BOTTOM O' THE BASIN. NAE DISHES DONE, EITHER! "PRESSING ENGAGEMENT"? WAIT TILL I SEE MAW BROON!

SOME BIRTHDAY THIS IS TURNIN' OOT TAE BE. NAE BIRTHDAY TEA, NAE FAMILY AROOND TAE GIE ME PRESENTS, JUST MYSEL' AN' A TIN O' CORNED BEEF.

I KEN WHIT I'LL DAE — I'LL HAVE A NIP FRAE THE BOTTLE I KEEP IN THE LOBBY PRESS FOR SPECIAL OCCASIONS. THAT'LL CHEER ME UP!

BUT WHEN PAW OPENS THE PRESS...

WHIT? ...

SURPRISE!

HAPPY BIRTHDAY, PAW!

HA-HA! PRESS-ING ENGAGEMENT. YE FAIR HAD ME GOIN' THERE.

AYE — AN' WE KNEW IT WOULDNAE BE TOO LONG AFORE YE WENT LOOKIN' FOR A NIP. IT *IS* YER BIRTHDAY, EFTER A'.

AN' HERE'S YER BIRTHDAY TEA, PAW. IT'S YER FAVOURITE — MINCE, TATTIES AN' DOUGHBALLS!

86

On the creepiest nicht o' the year —

— Paw Broon's aboot tae face his greatest fear!

HALLOWE'EN'S A BRAW NICHT FOR THE BAIRNS.

IT'S NO' JUST FOR BAIRNS, PAW. IT'S A TIME O' SPIRITS AN' SPOOKS AN' SCARY STORIES IN THE DARK.

LET'S A' TELL THE SCARIEST STORY WE KNOW.

AYE. WE'LL NEED THE RIGHT ATMOSPHERE.

NAE FEAR.

HUH! SPOOKY STORIES, INDEED. YE'LL NO' SCARE US.

...AN' THERE IT WAS, THE BEAST ITSELF, WITH A GREAT, HAIRY FACE AN' BREATHIN' SMOKE...

THAT IS SCARY. SOUNDS LIKE GRANPAW WI' HIS PIPE GOIN' AT FULL REEK.

SHH...PAW. YE'VE SPOILED IT, NOO.

...IT WAS THE GREY LADY, HER FACE THE COLOUR O' A TOMBSTONE.

WIS THAT NO' DAPHNE TRYIN' OOT ANE O' THAE MUDPACKS?

CHEEKY BESOM!

...THE DOOR CREAKED OPEN SLOWLY AN' A PALE HAND REACHED FOR HIS THROAT AN' AN EERIE VOICE CALLED HIS NAME...

HEN BROON...

...AN' THE REST O' YE. WHY ARE YE SITTIN' HERE IN THE DARK?

WHIT A FRIGHT, MAW. WE WERE TRYIN' TAE SCARE ANE ANITHER.

THE ONLY ANE YE SCARED IS YERSELF.

I KEN SOMETHIN' TAE REALLY SCARE YE.

AS IF, MAW. WE'RE NO' FEARTIES LIKE THEM.

IN THAT CASE YE'LL NO' BE FEART TAE GET YER WALLETS OOT AN' GIVE THE BAIRNS A WEE PRESENT. I'VE TA'EN THEM ROOND A' THE HOOSES AN' A' THEIR PALS ARE HERE NOO.

JINGS, THIS IS LIKE LOOKIN' INTAE TWA MIRRORS.

AYE, WE'RE DRESSED UP AS YOU, WULLIE.

PAW'S AS WHITE AS A GHOST'S SHEET.

The family are daein' a' they can —

— Tae help oot this poor, auld, bed-ridden man!

A' these Broons are takin' a chance —

— Ower whether they've got the richt kind o' dance!

91

The family suspect that Daphne's cheatin' —

— By scoffin' chocs when she's no' meant tae be eatin'!

Granpaw's job is sure tae please —

— But it's awfy hard upon the knees!

It's the time o' year, insists Paw —

— For traditional Carols in the snaw!

A dunt in the street leads the Broons tae fear —

— They'll a' be in jail o'er the New Year!